L'HÉRITIÈRE

5e SÉRIE IN-18.

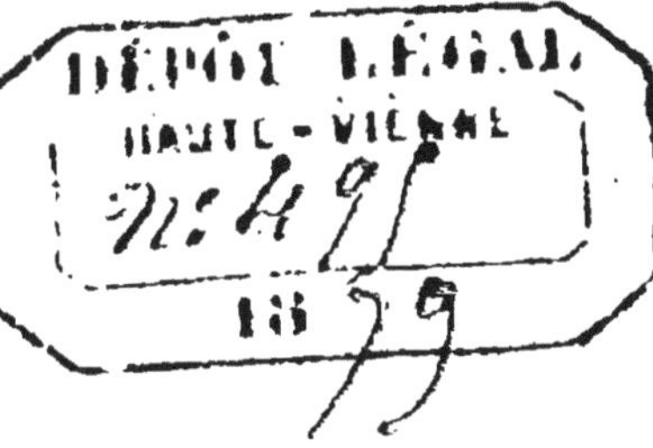

L'HÉRITIÈRE

OU

A JEUNE ORPHELINE

PAR

Mme JULIANE.

LIMOGES

UGÈNE ARDANT ET Cie, ÉDITEURS

NOTA.

Cet Ouvrage a été approuvé pa
Commission des Bibliothèques scola
et des Livres de Prix.

L'HÉRITIÈRE.

Camille Aubry était assise devant une glace, et arrangeait les boucles de sa chevelure; elle les relevait avec grâce et les entremêlait de nœuds de rubans et de fleurs. Derrière elle sa mère, nonchalamment assise sur un canapé, l'admirait et lui donnait son avis sur la manière la plus élégante de poser une rose ou de relever une de ses tresses.

— Mon Dieu, que ma tante est ennuyeuse, dit Camille en fronçant son front, toujours elle parle économie ménage.

— Que veux-tu, ta tante est ric tu as dix-huit ans, et je ne puis fa de grands sacrifices pour ta dot; t éducation m'a coûté fort cher; dep que tu vas dans le monde, je suis obl gée de recevoir beaucoup; les frais toilette et de réception absorbe bien plus que mes revenus, et compte sur la fortune de ta tant Elle a soixante-cinq ans; elle ne v vra pas toujours, et tu es son uniqu héritière.

— Oh ! maman, tu oublies cette pe tite Bebeth, le bijou favori de m tante, qui n'en voit pas une pareille elle, répondit Camille.

— Tu veux rire, Camille; crois-t que ta tante serait assez indélicate e assez sotte pour faire son héritièr une petite orpheline qu'elle a recueillie par charité, et dont le père ait un simple employé de bureau? faudrait donc qu'elle eût perdu l'esrit; je crois qu'elle lui donnera quelues petits souvenirs, mais si elle oulait lui laisser sa fortune, elle ne ferait pas travailler comme elle le it. Car c'est Elisabeth qui tient les omptes de la maison, qui vérifie la épense, qui a la direction de la linerie, qui raccommode et qui plie le nge, qui surveille les autres domesques, au-dessus desquels ta tante placée; mais il y a loin de là à une éritière de cinq cent mille francs.

— Quand donc posséderai-je cet hétage? dit Camilie en mettant la dernière main à sa coiffure; je vendrai ien vite la vieille bicoque où nous ommes, et jamais je ne remettrai les pieds à Bourgueil ; je passerai l'hiver à Paris, et l'été je voyagerai, j'irai aux eaux avec toi, n'est-ce pas, mère ? tu viendras partout où je voudrai ; j'aurai des toilettes bien fraîches et bien jolies, et bien certainement que je serai difficile pour me marier. J'achèterai un équipage. Quel bonheur ! Mais, hélas ! combien me faut-il encore attendre ?

— Tais-toi, ma chère, interrompit vivement madame Aubry ; si malheureusement on t'entendait, mon cher trésor, tout serait perdu pour toi.

— Bah ! bah ! ma tante est sourde, et personne qu'elle ne vient rôder par ici, car il faut qu'elle ait le nez partout ; hier ne s'est-elle pas avisée de venir me trouver comme je changeais de toilette pour sortir avec toi ; elle a examiné mes jupes brodées, ma chemise garnie de valencienne; alors elle m'a fait un sermon en quatre points sur la frivolité et sur la nécessité de l'économie et du travail.

— Patience, mon ange, conseilla la mère, ce temps passera et personne ne te contrariera plus.

— Dieu merci, murmura Camille.

La porte s'ouvrit doucement, et une jeune fille, mise avec une extrême simplicité, vint avertir ces dames que mademoiselle Durand les attendait pour dîner. Elles ne se donnèrent pas la peine de lui répondre, et cependant elles descendirent tout de suite, dans la crainte de mécontenter la tante à l'héritage. Camille ordonna à Elisabeth de mettre de l'ordre dans sa chambre; l'orpheline se mit en devoir de faire ce qu'elle lui commandait, ce qui fut cause que l'on était à table quand elle entra dans la salle à manger. Mademoiselle Durand la regarda d'un air sévère.

— Elisabeth, j'aime l'exactitude, vous le savez, dit-elle; et cependant vous êtes en retard; faites attention, je vous prie, que cela n'arrive plus.

La jeune fille rougit et vint prendre sa place, où Camille ne la voyait pas s'asseoir sans mécontentement, mais il fallait se contenir. Elle ne dit pas un mot pour excuser Elisabeth, et pourtant elle était la cause de son retard.

Le temps s'était subitement couvert, et la pluie commençait à tomber quand on sortit de la salle à manger.

— Quel temps désagréable, dit Camille, il ne va pas y avoir moyen de sortir ce soir.

— Que veux-tu y faire, mon enfant? dit mademoiselle Durand, une soirée est bien vite écoulée; je serai bien contente de passer celle-ci avec vous, car bientôt vous allez me quitter pour retourner à Paris, où les distractions ne vous manqueront pas.

— Oh! ma tante, dit Camille avec son plus gracieux sourire, croyez bien qu'elles ne nous font point vous oublier, et que nous leur préférons le plaisir d'être avec vous.

La vieille demoiselle se pinça les lèvres.

— Et si je te proposais de rester avec moi, dit-elle, que répondrais-tu?

— Il me serait bien pénible de ne pas accepter, reprit Camille; mais l'air de votre ville ne convient pas à la santé de ma bonne mère, et je ne pourrais me faire à l'idée de la laisser vivre seule.

— Tu as raison, Camille, je loue

ton affection pour ta mère, mais je ne puis en faire autant de ta sincérité; avoue franchement que tu t'ennuierais à mourir, ici?

— Pas du tout, ma tante; votre maison, quoique antique, est très agréable; les appartements en sont vastes et commodes, le jardin délicieux.

— Tu ne parles pas des meubles?

— Les meubles sont vieux, ma bonne tante, mais je les aime parce qu'ils vous plaisent.

— Ils ne te seraient donc point désagréables, si un jour je te léguais ma vieille maison et ce qu'elle renferme, car je désire, c'est une manie, je le sais, mais je désire qu'après ma mort elle soit conservée telle qu'elle est aujourd'hui.

— Soyez sans crainte, tout ce qui vous aura appartenu sera sacré pour ceux à qui vous le léguerez; mais ne parlez pas de cela, ma bonne tante, ces paroles sont trop tristes.

Camille essuyait ses yeux et y cherchait vainement une larme absente. Elisabeth, assise dans l'embrasure de la croisée où elle travaillait, regardait tristement sa bienfaitrice.

— C'est que je suis vieille, continua mademoiselle Durand, et je songe à faire mon testament.

— Ma tante, interrompit madame Aubry, qui voulait éviter de nouveaux mensonges à sa fille par les siens, vous nous affligez tous, et ma pauvre enfant souffre de vous entendre parler ainsi. Tout ce que vous ferez sera bien fait; mais, de grâce, ne parlez point de mourir.

Mademoiselle Durand sourit tristement.

— La mort n'a rien de triste, Louise, dit-elle avec douceur, et il m'est doux de penser que l'on me regrettera, que ma mémoire sera chère à mes amis, et que mes désirs seront sacrés pour eux.

Camille et sa mère se confondirent en protestations d'amitié et de dévouement ; Elisabeth, toujours muette, essuyait deux larmes qui coulaient furtivement sur ses joues.

Quand le soir Camille fut rentrée dans sa chambre avec sa mère, elle laissa échapper un joyeux éclat de rire. Madame Aubry lui mit la main sur la bouche.

— Tais-toi, Camille, dit-elle avec impatience, vas-tu, par ton imprudence, compromettre ton bonheur et le mien? Songe donc que ta tante a parlé de faire son testament, et qu'il faut jusqu'au bout jouer le rôle de mère soumise et respectueuse.

— C'est ce qui me fait rire, répondit Camille, quand je pense qu'elle croit franchement que je conserverai sa maison et ses meubles si rococos. Que diraient nos amies en voyant ces vieux canapés, ces antiques fauteuils qui, pour le sûr, existaient du temps de Henri IV? Que ne dit-elle aussi qu'il faudra que son héritière adopte ses modes, et conserve Elisabeth comme faisant partie de la succession? Que ces vieilles filles sont curieuses. Faites votre testament, tante bien-aimée, et quand on l'ouvrira, après votre mort, j'agirai comme bon me semblera. Crois-tu, mère, que si elle vit encore longtemps, elle consentira à me doter?

— Je l'espère, chère enfant; mais il

faut bien veiller à tes paroles, nous n'avons plus que quelques jours à rester ici, et si tu la mécontentais, tu perdrais peut-être sa succession. Les vieilles gens sont si susceptibles.

— Que je serai heureuse, dit Camille, de retourner à Paris, de revoir toutes mes connaissances, et de m'amuser; car, ici, je m'ennuie à y mourir, si j'y restais encore un mois. Heureusement que ma vieille tante ne vivra probablement pas longtemps, et je serai dispensée de revenir dans cette affreuse maison, écouter ses sermons.

Pendant que la mère et la fille causaient, mademoiselle Durand était retirée dans sa chambre avec Elisabeth Gavault; la jeune fille était assise sur un tabouret près du fauteuil de sa bienfaitrice, et recevait ses ordres pour la journée du lendemain.

Elisabeth était la fille d'un employé de bureau; quand sa mère était morte, elle n'avait que douze ans. Elle continua à fréquenter la pension où elle allait avant ce triste événement; mais chaque soir elle revenait près de son père, dont elle était la consolation et le seul bonheur. Ils habitaient, tous les deux, le second étage d'une maison située en face de celle de mademoiselle Durand, qui, bien des fois, avait visité madame Gavault pendant sa maladie. Elle s'était attachée à la petite fille, et quand elle resta seule avec son père, elle allait chercher l'enfant pour l'emmener chez elle quand monsieur Gavault était sorti. Il mourut, laissant Elisabeth seule, à quinze ans, sans parents et sans fortune. Mademoiselle Durand consola ses derniers moments en lui promettant de veiller sur l'orpheline.

Elisabeth alla donc habiter la maison si dédaignée par Camille Aubry. Mademoiselle Durand voulut, avant tout, que sa protégée fût pieuse, et ensuite bonne, ou plutôt parfaite ménagère. Elle se levait l'été à cinq heures, et l'hiver à six; à demi vêtue elle allait au lit d'Elisabeth, et l'éveillait en lui traçant sur le front le signe de la croix; si le sommeil trop profond empêchait la fillette de s'arracher aussitôt de son lit, elle l'appelait et ne la quittait que quand elle l'avait entendue lui souhaiter un affectueux bonjour. Alors la journée commençait par la prière d'abord, la messe ensuite, puis le travail. La vieille demoiselle ne gâtait point Elisabeth, elle était même sévère pour

le; elle était vieille, sa jeunesse s'é-
it écoulée près d'un père malade;
née de quatre enfants, à seize ans
le se trouva, pour ainsi dire, mère
famille, sa mère venait de mourir;
le se dévoua pour ses frères, qui
oururent les uns après les autres
la laissèrent seule sur la terre. Ca-
ille était la fille d'un neveu de son
re.

Mademoiselle Durand ne pensait
s qu'Elisabeth pût s'ennuyer chez
le; elle ne voulut pas lui donner
amies de son âge. Sa jeunesse se
ssait donc entre sa protectrice, un
rçon et une servante qui avaient
eilli avec elle, tous les trois avaient
ssé la soixantaine. Malgré sa for-
ne, mademoiselle Durand n'avait
e Catherine pour la servir, et An-
ine le domestique, qui cumulait le

fonctions de cocher, de jardinier, et qui, à l'occasion, servait à table.

Elisabeth se trouvait heureuse, elle aimait sa bienfaitrice, qui le lui rendait bien sans le lui faire voir. Elle craignait de gâter, par une tendresse trop grande, les heureuses qualités de la jeune fille; elle s'imaginait que son autorité et ses ordres n'auraient pas été aussi respectés si Elisabeth se fût aperçue combien elle avait d'affection pour elle ; et puis l'expérience lui faisait craindre d'être aimée par intérêt; quant à Elisabeth, elle n'avait rien à craindre.

L'époque du départ de madame et mademoiselle Aubry était arrivée. Camille cachait difficilement le bonheur qu'elle éprouvait de partir. Mademoiselle Durand lui demanda de lui promettre de nouveau, qu'après sa mort, sa maison et tout ce qui lui appartenait serait respecté.

— Je vous le promets, ma tante bien-aimée, dit Camille en l'embrassant avec un semblant d'attendrissement si bien joué, que mademoiselle Durand s'y laissa prendre. Pourtant, à peine la mère et la fille l'eurent-elles quittée, après l'avoir accablée de protestations d'amitié, que ses doutes revinrent.

— J'ai peur, se dit-elle, que tant de coquetterie ne cache de la fausseté.

Elle se rappelait certains mouvements de mépris qu'elle avait surpris chez sa petite-cousine, alors que celle-ci ne croyait point être vue; elle avait entendu quelques mots qui l'avaient affligée et qu'elle avait repoussés de sa pensée, croyant que son oreille l'avait trompée. Elle gardait le silence, excepté avec monsieur Daubier, son notaire, et aussi son confident.

Les jours qui suivirent le départ des Parisiennes, Elisabeth remarqua que sa bienfaitrice paraissait préoccupée, qu'elle sortait plus fréquemment qu'à l'ordinaire, sans dire où elle allait. Monsieur Daubier venait souvent la voir, et restait de longues heures renfermé avec elle.

L'hiver arriva.

Un jour Elisabeth fut bien surprise, quand mademoiselle Durand l'avertit qu'elle allait sortir et qu'elle l'emmenait avec elle; elle la conduisit dans un magasin, où elle acheta quatre robes, qu'elle lui fit choisir, un fort joli manteau en drap. De là, elle la conduisit chez une modiste, elle lui commanda trois chapeaux. La jeune fille croyait rêver, elle qui n'avait qu'une robe et une coiffure neuves pour chaque saison. Malgré sa surprise, le respect l'empêcha d'interroger la vieille demoiselle. Elles revinrent toutes les deux à la maison, où la couturière les attendait ; en lui donnant les étoffes, mademoiselle Durand lui ordonna de faire les vêtements simplement, mais de ne rien épargner pour qu'ils fussent jolis. L'ouvrière partit en promettant de remplir les ordres qu'elle venait de recevoir.

— Elisabeth, dit mademoiselle Durand à la jeune fille, qui tombait de surprise en surprise, ma nièce, madame Aubry, m'invite depuis longtemps à aller à Paris ; j'ai l'intention d'accepter son invitation cette année, et je t'emmène avec moi ; je veux que tu sois belle, pour moi je n'y tiens guère; mais, à ton âge, tu ne seras pas fâchée d'être bien mise pour sortir avec Camille; voilà pourquoi j'ai fait tant d'emplettes pour toi.

— Vous êtes mille fois trop bonne pour moi, chère demoiselle, lui répondit Elisabeth; je suis bien heureuse d'aller à Paris, puisque j'irai avec vous; mais ne craignez-vous point que ma présence ne contrarie madame Aubry et mademoiselle Camille?

— J'en suis fâchée, mais il me faut quelqu'un pour me servir et me soigner, c'est toi qu'il me plaît d'avoir; il faudra bien que mes nièces soient satisfaites de cet arrangement.

Madame Aubry et Camille, intérieurement très fâchées de voir arriver leur vieille tante avec Elisabeth, cachèrent de leur mieux leur mécontenment; elles avertirent leurs amis quelle était la personne qu'elles attendaient, et les ménagements qu'elles devaient prendre avec elle. Ils exigeaient que, pendant son séjour à Paris, elles suspendissent leurs réceptions et leurs visites. De l'orpheline, il n'en était pas question.

La mère et la fille allèrent à la gare pour recevoir leur bonne tante; une voiture bien close l'attendait. En arrivant à la maison, mademoiselle Durand crut que ses nièces allaient l'étouffer à force de l'embrasser. Elisabeth elle-même se ressentit de leur bonheur. Camille alla jusqu'à l'appeler son amie.

Madame Aubry raconta à sa tante combien elle et sa fille avaient été heureuses quand elles avaient reçu la lettre qui annonçait son arrivée. Camille en avait pleuré de bonheur.

Mademoiselle Durand se montra satisfaite de la manière dont on la recevait, et témoigna le désir de passer l'hiver à Paris.

Camille ne put retenir un petit mouvement des lèvres qui signifiait bien clairement que la résolution de sa tante n'était point de son goût; sa mère, plus maîtresse d'elle-même, sut se montrer enchantée malgré tout.

Pendant deux jours, mademoiselle Durand refusa de sortir, étant fatiguée; mais le troisième elle pria Camille de se préparer à l'accompagner avec Elisabeth, à laquelle elle désirait faire connaître Paris.

— Je vais faire demander une voiture, lui répondit sa nièce.

— Du tout, répondit-elle, j'ai de très bonnes jambes, je m'appuierai sur ton bras ; de cette manière j'irais au bout du monde. Va prendre ton chapeau, et ne sois pas longtemps.

Camille courut trouver sa mère, et lui raconta le chagrin qu'elle éprouvait d'être obligée de sortir avec sa tante, dont la toilette surannée la rendrait bien certainement, disait-elle, la risée de tout le monde.

— Jamais, s'écria-t-elle en frappant du pied, non, jamais je ne m'y déciderai.

— Camille, mon ange, je t'en supplie, lui dit sa mère, songe à sa fortune, il faut faire ce sacrifice.

— Non, je ne veux pas, répliqua-t-elle en s'asseyant.

— Comment faire? reprit la faible mère.

— Sors avec elle, si tu l'oses, répliqua Camille; pour moi j'en mourrais de honte.

— Tu as raison, répondit madame Aubry en soupirant, ce sera moi qui l'accompagnerai.

Elle prit son châle et son chapeau, et courut rejoindre la vieille demoiselle.

— Où est Camille? demanda celle-ci.

— Elle souffre d'une violente migraine, répondit madame Aubry, et c'est moi qui aurai le plaisir de vous accompagner.

— Cette maladie est bien subite, dit la tante; et, dans tous les cas, l'air fera du bien à votre fille, ma nièce, prévenez-la que je l'attends.

— Oh! ma bonne tante, reprit la mère de Camille, laissons-la à la maison, un peu de repos la remettra, et à notre retour il n'y paraîtra plus.

— Je vais aller juger moi-même de son état, continua mademoiselle Durand, car si elle est véritablement malade, je ne voudrais pas qu'on la laissât seule.

Et joignant l'action à la parole, elle se dirigea du côté de la porte.

— Ne vous donnez pas cette peine, s'écria madame Aubry alarmée, je vais moi-même aller voir si elle pourrait, en faisant quelques efforts, jouir du plaisir d'une promenade avec vous.

Mademoiselle Durand resta seule avec Elisabeth; la jeune fille remarqua son front plissé par une violente contrariété, ses lèvres serrées, et les mouvements d'impatience qui lui échappaient.

Un quart d'heure s'écoula; enfin madame Aubry parut, conduisant Camille par la main ; elle était rouge, et ses yeux étaient gonflés.

— Ma chère fille, pour vous témoigner son désir de vous être agréable, dit madame Aubry, veut braver ses souffrances. Pauvre enfant, comme elle est changée ; on voit bien qu'elle a très grand mal à la tête.

Camille ne dit rien, mais elle devint encore plus rouge quand elle examina la toilette de sa tante, qui avait ce jour-là une robe de mérinos noir, un châle tapis très antique, une capote de taffetas vert, et enfin dans le bras un affreux ridicule, duquel sortait un coin de son mouchoir de poche.

— Etes-vous prête, ma tante? demanda la jeune fille d'un ton où perçait la mauvaise humeur.

— Je t'attendais, répondit mademoiselle Durand, sans paraître le remarquer.

Elles partirent. Camille avait une jolie robe de taffetas noir, une délicieuse capote de velours bleu, et enfin un petit vêtement de drap noir.

Elisabeth vit bien que Camille avait honte de sortir avec mademoiselle Durand; alors elle offrit son bras à sa bienfaitrice.

— Merci, mon enfant, lui répondit celle-ci, je te vois tous les jours, et Camille bien rarement; aussi, ne compte guère sur moi le temps que nous serons à Paris, c'est à elle que je donnerai la préférence.

Elle prit le bras que sa nièce lui présenta de bien mauvaise grâce. Camille désirait emmener ses deux compagnes dans des rues où elle ne craindrait pas de rencontrer des con-

naissances. Ce fut dans celles-là qu
mademoiselle Durand ne voulut pa
aller. Elle connaissait Paris, il ne fu
pas possible de la tromper ; elle vou
lut conduire Elisabeth sur les boule
vards. En passant devant les maga
sins, elle s'arrêtait à lui faire admire
les étalages. Camille croyait mouri
de honte, surtout quand elle aperçu
une de ses amies qui lui sourit d'u
air moqueur en la saluant. Mais voil
que mademoiselle Durand s'imagin
que son ridicule l'embarrasse, et pri
Camille de le lui porter. Pauvre Ca
mille, elle si orgueilleuse, quel sup
plice pour elle de ne pouvoir refuse
l'honneur d'être préférée par made
moiselle Durand, qui repoussa encor
Elisabeth, quand celle-ci lui propos
de porter le malencontreux sac d
taffetas.

Enfin la promenade touchait à sa fin; Camille n'avait répondu que par monosyllabes aux questions de sa tante; Elisabeth était ravie de tout ce qu'elle voyait, et remerciait avec effusion de la joie qu'on lui procurait. Mademoiselle Durand regardait sa douce figure, et reportait ses regards sur le charmant visage de sa nièce, puis elle soupirait en remarquant que la bonté n'en faisait pas le charme principal.

Avant de rentrer à la maison, elle avisa dans un magasin un joli petit meuble de salon, que Camille regardait avec envie. Elle l'invita à la suivre; ayant franchi le seuil du magasin, elle acheta l'objet qu'elle croyait désiré par sa nièce, et le lui offrit; Camille la remercia vivement et oublia le ridicule et la malheureuse toilette de sa tante; elle se montra ravie de son cadeau, et rentrée à la maison, elle embrassa affectueusement la vieille demoiselle, qui fut heureuse de ces témoignages d'amitié.

— Elle est bonne, je crois, se dit-elle, et pourtant je puis me tromper.

Le soir même, elle écrivit à Bourgueil. Deux jours après, elle recevait une lettre de son notaire, qui lui disait que sa présence était indispensable chez elle, et qu'il l'attendait le surlendemain.

Mademoiselle Durand fit part de cette lettre à ses nièces, qui réprimèrent difficilement un mouvement de joie.

— Je pense, dit alors la vieille tante, que je n'aurai pas pour longtemps à terminer l'affaire pour la quelle je suis obligée de partir, et cela me contrarie.

— Oh ! ma tante, combien je suis désolée de votre départ, lui dit madame Aubry ; ne pourriez-vous pas envoyer vos ordres à monsieur Daubier, et rester encore quelque temps avec nous ?

— J'étais si heureuse, ajouta Camille, de penser que tout l'hiver nous serions ensemble ; nous aurions passé les longues soirées près du feu, en causant, en jouant aux cartes, ou en travaillant, comme vous l'auriez voulu ; et au lieu de ce bonheur, vous nous quittez presque tout de suite.

— Je suis touchée de vos regrets, mes chères nièces, dit alors madame Durand, et pour vous témoigner combien votre amitié m'est chère, je vais laisser Elisabeth à Paris, et aussitôt que je pourrai, je reviendrai la rejoindre.

— Oh! laissez-moi partir avec vous, dit Elisabeth; la route est longue, et si vous étiez malade, vous n'auriez personne près de vous.

Elle n'osa pas dire qu'elle était effrayée à la pensée de rester seule avec Camille et sa mère; et puis, elle aimait tant la vieille demoiselle, qu'il lui semblait bien pénible de se séparer d'elle. Elle la pria et la supplia vainement de l'emmener; mademoiselle Durand fut inflexible. Elle craignait, disait-elle, une fois rendue à Bourgueil, de ne plus vouloir revenir, ce qui contrarierait ses nièces, ajouta-t-elle avec un peu de malice; tandis que, laissant Elisabeth à Paris, il faudrait bien qu'elle vînt la chercher.

Madame Aubry approuva de bouche

cet arrangement, mais dans son cœur il n'en fut pas de même. Camille était furieuse contre sa tante.

— Si le temps devenait trop froid, lui dit-elle, il ne faudrait pas exposer votre santé, qui nous est si précieuse ; nous irions plutôt avec ma mère reconduire Elisabeth.

— Ne crains rien, mon enfant, je suis prudente, trop prudente peut-être, ajouta-t-elle avec intention.

Elle témoigna le désir de partir le surlendemain, ne voulant pas voyager le dimanche, qui était le lendemain. Pour le coup, Camille fut tout-à-fait malade, et garda le lit une partie de la journée.

Mademoiselle Durand partit le lundi matin ; Elisabeth l'embrassa en pleurant. Camille s'essuya les yeux, mais son mouchoir ne devint point humide, car ses larmes étaient absentes. Madame Aubry lui avait recommandé d'être prudente ; elle craignait que la tante n'eût laissé là sa protégée que pour connaître leurs véritables sentiments à son égard.

Cependant leurs connaissances, averties du départ de mademoiselle Durand, ne tardèrent pas à revenir comme auparavant; et au bout de huit jours, chaque soir le salon se remplissait d'une brillante société. Peu à peu on oublia la présence d'Elisabeth, dont madame Aubry et Camille faisaient peu de cas.

Mademoiselle Durand écrivit qu'elle était souffrante, qu'elle ne savait pas quand elle pourrait voyager, mais qu'elle défendait à Elisabeth de songer à la rejoindre. La pauvre jeune fille trouvait le temps d'une longueur désespérante, et s'inquiétait beaucoup de l'indisposition de sa bienfaitrice; quant à Camille, elle se trouvait bien heureuse de cet obstacle au retour de sa tante ; c'était autant de jours de gagnés. Peu en peine de l'orpheline, elle et sa mère la laissaient à la maison, quand une promenade, une visite, ou une invitation, les engageait à sortir. Elisabeth ne songeait point à s'en plaindre, elle le préférait. Pendant ce temps, elle écrivait à mademoiselle Durand pour lui dire combien elle était tourmentée, combien elle s'ennuyait de ne point la voir, et aussi pour la prier de la rappeler près d'elle.

Un soir, Camille faisait les honneurs du salon de chez sa mère; assise devant le piano, elle engageait les invités, de l'air le plus aimable du monde, à prendre place pour un quadrille. Elisabeth, debout près d'elle, devait tourner les feuillets de son cahier de musique; son air mélancolique contrastait singulièrement avec la gaîté bruyante des personnes qui l'entouraient. Tout-à-coup un domestique entre dans le salon, et présente sur un plateau une lettre à la maîtresse de la maison. Madame Aubry regarde le timbre.

— Une lettre de Bourgueil, dit-elle; elle ne vient pas de ma tante, c'est une écriture inconnue; de qui est-elle?

— Lisez-la, lui dirent les personnes qui l'entouraient.

— Ouvre-la vite, mère, s'écria Camille tremblante d'espoir.

— En grâce, regardez si elle ne contient pas des nouvelles de votre tante, dit en même temps Elisabeth, pâle de crainte et d'émotion.

Madame Aubry brisa le cachet, et lut à haute voix ce qui suit :

« Madame,

» Votre demoiselle, qui est l'unique héritière de mademoiselle Victoire Durand, ma cliente, ne décidera sans doute rien sans vous consulter. Demandez-lui donc, de suite, de quelle manière elle compte disposer de la succession de sa tante, comprenant :

» 1° Une somme de deux cent mille francs, dont je suis le dépositaire.

» 2° Une somme de cent cinquante mille francs, placés sur l'Etat.

» 3° Une propriété, estimée quatre-vingt mille francs, et rapportant annuellement de trois à quatre mille francs.

» 4° Plus la maison habitée par votre parente, valant trente mille francs, sans compter le mobilier, l'argenterie et les bijoux.

» Par le retour du courrier, veuillez répondre à ma demande, et me dire quelles sont vos intentions.

» Inutile qu'Elisabeth revienne, vous la ramènerez quand vous viendrez, d'ici quelques jours, quand tout sera prêt pour vous recevoir.

» Signé : DAUBIER. »

— Ma chère bienfaitrice est morte, s'écria Elisabeth en se cachant la figure dans ses mains et en sanglotant.

— J'hérite de tout ce qu'elle possédait, s'écria Camille avec bonheur; quelle fortune elle laisse ! après avoir vécu si misérablement. Elle a bien fait d'économiser pendant sa vie; je trouve la somme plus considérable.

Tout le monde la félicita de son bonheur; personne ne pensa à regretter mademoiselle Durand. La soirée se prolongea fort avant dans la nuit. Elisabeth s'était retirée dans sa chambre, où elle pleurait et priait pour sa bienfaitrice, sans songer qu'elle ne lui donnait rien.

Le lendemain, madame Aubry lui dit :

— Vous savez, Elisabeth, que la tante de Camille n'a point parlé de vous dans son testament; M. Daubier l'aurait écrit ; il va falloir que vous songiez à votre avenir. Car ma fille veut que la maison soit vendue; alors vous ne pourrez continuer à l'habiter. Et puis il vous faudra travailler. Si vous voulez rester à Paris, vous trouverez peut-être une place de femme de chambre.

— Je retournerai à Bourgueil, répondit tristement Elisabeth; j'y suis connue, je ne manquerai point d'ouvrage, car, grâce à ma chère et regrettée bienfaitrice, je sais travailler. Que de reconnaissance je lui dois. Mais vous dites, Madame, que vous voulez vendre sa maison; elle désirait qu'elle ne le fût point; et puis, que ferez-vous du mobilier?

— Tout sera vendu, reprit vivement Camille; que voulez-vous que nous fassions de toutes les vieilleries que ma tante conservait comme des reliques? Pauvre vieille tante, elle s'imaginait que je les garderais précieusement. Je me trouve bien heureuse qu'elle n'ait point parlé dans son testament que je devais tout conserver tel qu'elle l'a laissé.

— Vous lui aviez pourtant promis, répliqua Elisabeth.

— On fait bien des promesses que l'on ne tient pas, répondit Camille en riant.

— Espérez-vous conserver tous ses livres de piété? demanda la pauvre orpheline.

— Non, non, je ne veux point de tous ces vieux bouquins-là, dit mademoiselle Aubry avec dédain.

— Elle les aimait beaucoup, et les appelait ses consolateurs. Oh! si vous vouliez bien m'en donner un? fit Elisabeth en essuyant ses larmes.

— Je vous les donnerai tous, et en écrivant à monsieur Daubier je vais lui dire de vous les mettre de côté, et même d'ajouter le portrait de la défunte, si vous le désirez, répondit Camille.

— Vous êtes trop bonne, Mademoiselle, s'écria l'orpheline avec l'élan de la plus vive reconnaissance.

— Ne m'ayez pas tant d'obligation, dit alors mademoiselle Aubry, car je ne saurais que faire de cet affreux tableau, peint par un barbouilleur de province.

— Il est bien ressemblant, reprit Elisabeth, c'est le principal mérite d'un portrait; vous voudrez bien alors écrire à monsieur Daubier que vous me le donnez aussi?

— Je vais ajouter quelques mots à la lettre de maman pour lui recommander de faire faire la vente tout de suite, et de vous réserver ce que je vous ai promis. Dans huit jours nous partirons pour toucher l'argent que le notaire a à nous remettre.

Camille fit faire un deuil très coquet, mais très léger; elle ne prit pas de voile, il aurait abîmé la plume de son chapeau. Et puis d'une tante, l'usage ne l'obligeait pas à porter le deuil; elle oubliait que la reconnaissance aurait dû lui en faire un devoir.

Elisabeth employa le reste de son argent à cet usage; mais son plus grand deuil était dans son cœur; elle ne pouvait oublier que mademoiselle Durand avait assisté ses parents à leur lit de mort, et qu'elle les avait remplacés pour elle.

Monsieur Daubier écrivit à madame Aubry qu'elle pouvait se rendre immédiatement à Bourgueil, avec Camille et Elisabeth.

Deux jours après, les trois dames arrivaient à la gare de Port-Boulet, où une voiture envoyée par le notaire les attendait.

En approchant de la maison de mademoiselle Durand, Elisabeth fondit en larmes ; tandis que Camille et sa mère se réjouissaient à l'idée de la somme énorme qu'elles allaient recevoir, et qui leur permettrait de mener à Paris un train plus conforme à leurs goûts.

Enfin la voiture s'arrêta sous le porche de la maison, qui semblait déserte; Camille franchit en courant les trois marches qui conduisaient au vieux salon ; elle s'arrêta sur le seuil, muette et interdite. Les rideaux de damas étaient soigneusement tirés et ne laissaient pénétrer qu'un demi-jour dans l'appartement. Le portrait de mademoiselle Durand était décroché et appuyé sur un fauteuil près de la table, sur laquelle les livres demandés par Elisabeth étaient rangés.

Monsieur Daubier, grave et sévère, était assis auprès ; il se leva en voyant Camille.

Elisabeth, en apercevant le portrait de sa bienfaitrice, courut se jeter à genoux auprès, et contempla avec attendrissement l'image chérie. Madame Aubry était entrée, et après avoir répondu au salut du notaire, elle lui demanda s'il avait fait ce qu'elle lui avait dit sur sa lettre, c'est-à-dire s'il avait fait afficher la vente.

— J'ai cru devoir vous attendre, Madame, lui répondit monsieur Daubier, pour vous demander si véritablement votre intention est de tout faire vendre ici?

— Mais certainement, dit-elle, je ne veux rien garder.

— Sont-ce bien là les objets que vous comptez donner à mademoiselle

Elisabeth Gavault? reprit-il en désignant le portrait et les livres.

— Oui, Monsieur, répondirent en même temps et la mère et la fille.

— Dans les livres, continua le notaire, se trouvent des images, des prières, des notes écrites de la main de mademoiselle Durand, des.....

— Assez, assez, interrompirent encore une fois ensemble les deux dames, nous lui donnons tout.

Alors, reprit monsieur Daubier en s'adressant à Elisabeth, mon enfant ramassez ces livres.

La jeune fille prit un vieux paroissien, dont sa bienfaitrice se servait chaque jour pour aller à la messe elle l'ouvrit avec respect, mais à la première feuille elle poussa un cri de surprise; elle parcourt le livre, et montre avec étonnement vingt-cin billets de mille francs, placés entre les feuillets.

— Elisabeth, dit vivement Camille, je vous ai donné les livres et ce qu'ils contenaient de papiers sans valeur, mais vous devez penser que ces billets de banque ne font point partie du don que je vous ai fait. J'ignore quelle manière a eue ma tante de les placer là.

— Pourtant, Mademoiselle, dit sévèrement le notaire, vous avez parfaitement expliqué que vous lui donniez tout ce que les livres contenaient, et vous m'avez arrêté au moment où j'allais vous parler de ces valeurs.

— C'est une erreur, reprit alors Elisabeth, que mademoiselle Aubry a faite; je n'ai point l'intention d'en profiter. Je vais lui rendre les billets.

— Du tout, je te le défends; ni cela,

ni autre chose; elle n'aura rien de m succession, s'écria mademoiselle Du rand, apparaissant terrible et mena çante sur le seuil du salon; j'ai voul juger de quel poids était l'amitié qu l'on me témoignait; j'ai employé un ruse qui m'a réussi au-delà de me espérances; car enfin, la lettre d mon vieil ami ne disait point que j'é tais morte; et toutes les trois vous l'a vez cru. Pardonne-moi, bonne Elisa beth, la peine que je t'ai faite; quant vous, Mesdames, vous pouvez retou ner à Paris, sans craindre que j'aill jamais vous y retrouver.

Elisabeth, folle de bonheur, avai saisi la main de la vieille demoiselle la couvrait de baisers. Le bon notair se frottait les mains, tandis que ma dame Aubry et sa fille restaient com pétrifiées à contempler cette scène solante pour elles.

L'orpheline était bonne, elle implora leur pardon ; mademoiselle Duand fut inflexible ; et quelques heus après, Camille et sa mère repreaient la route de Paris, moins gaies u'elles n'étaient quand elles l'avaient arcourue le matin même.

Elles se donnèrent bien de garde de aconter leur mésaventure à leurs mis, qui crurent que Camille était ne riche héritière, et qui, comme elle, ne tarda pas à épouser un jeune omme qui avait mangé une partie de fortune ; il lui en restait pourtant ncore assez pour vivre heureux avec ne femme sage et économe. Ce n'éait pas la sienne qui avait ces deux ualités. Quand il sut qu'elle n'avait oint l'héritage de sa tante, il entra dans une violente colère, qui se ca ma bientôt, à la pensée que mademo selle Durand n'était pas encore mort et qu'il y avait encore de l'espoir. força Camille à lui écrire, mais se lettres restèrent toutes sans répons

Elisabeth devint la véritable fil adoptive de sa bienfaitrice, qui, sa plus tarder, fit son testament en faveur. Monsieur Daubier avait u fils, il voulut le marier avec elle; ma la jeune fille refusa, disant qu'elle n se marierait jamais.

Dix ans s'étaient écoulés : Elisabeth malgré tous ses efforts, n'avait p amener mademoiselle Durand à pa donner à ses nièces. Elle ne pouva oublier leur coupable conduite, el avait conservé la lettre écrite par el les à monsieur Daubier; et quan Elisabeth lui parlait en leur faveu lle la lui montrait. Pourtant elle était bonne, mais elle croyait que l'épreuve qu'elle leur avait fait subir, ainsi qu'à l'orpheline, justifiait et sa rigueur à l'égard des unes, et sa tendresse pour l'autre.

Un jour d'hiver, le vent soufflait en faisant tourbillonner la neige ; les rues de la petite ville étaient désertes ; Elisabeth, assise près de la fenêtre, poussait avec vivacité son aiguille dans un vêtement d'étoffe commune, mais bien chaude, qu'elle confectionnait pour un pauvre vieillard.

Tout-à-coup elle jette son ouvrage de côté, en même temps que la sonnette annonçait des visiteurs.

— Où vas-tu ? demanda mademoiselle Durand.

— Je reviens à l'instant, chère amie, répondit Elisabeth.

Elisabeth resta longtemps, et quan elle revint elle était pâle et agitée.

— Qui donc est venu tout-à-l'heure demanda mademoiselle Durand.

— Des personnes qui voudraien être dans vos bras, répondit Elisabeth

— Je devine, dit alors la vieille de moiselle : je leur ai défendu de reveni ici, qu'elles ne paraissent jamais e ma présence.

La jeune fille garda le silence.

C'était le 23 décembre, jour de fête de mademoiselle Durand. Le soi après le dîner, la domestique enlev le couvert, et apporta sur la table u gâteau; alors Elisabeth mit sur les ge noux de sa vieille amie une chaud jupe de laine qu'elle lui avait faite e cachette.

— Je vais vous chercher mon bou quet, dit-elle en sortant du salo

Pendant que mademoiselle Victoire admirait le travail de la jeune fille.

Celle-ci revint quelques instants après, conduisant par la main deux blonds chérubins, un petit garçon et une petite fille, vêtus de noir, qui disparaissaient presque entièrement derrière une gerbe de fleurs qu'ils tenaient dans leurs petites mains.

Mademoiselle Durand les regarda un instant, puis elle fixa ses yeux pleins de reproches sur l'orpheline, qui lui dit d'un ton suppliant :

— Vous ne les avez pas bannis de votre présence, eux.

— Elisabeth, tu me contraries beaucoup, dit alors la tante de Camille ; tu dois bien penser qu'ils me rappellent leur mère.

— Pauvres petits, reprit alors Elisabeth en les plaçant tout auprès de mademoiselle Durand, ils n'ont plus de père, et leur pauvre mère n'a plus que vous; madame Aubry est morte aussi elle.

La vieille demoiselle regarda les deux jolies petites créatures, dont l'une était grimpée sur son tabouret, et appuyait ses petites mains et son bouquet sur ses genoux, en fixant ses grands yeux bleus, tout étonnés, sur ce visage ridé et inconnu.

— Bonne fête, ma tante, dit-elle quand elle la regarda.

— Bonne fête, chère tante, répéta le petit garçon.

— Embrasse-moi, dit la petite fille.

— Et moi aussi, répéta son frère.

Deux larmes s'échappèrent des yeux de la vieille tante, qui pressa les enfants sur son cœur.

Quelques instants après, Camille

pleurait dans les bras de la vieille demoiselle, tandis qu'Elisabeth tenait les deux enfants sur ses genoux, ne cherchant point à retenir ses larmes, que le bonheur faisait couler.

Camille raconta ses fautes et ses malheurs; comment, par ses folles dépenses, elle avait aidé son mari à manger le reste de sa fortune. Elle dit aussi que sa mère était morte, au moment où leur ruine était publique; que leurs amis avaient tous disparu; qu'elle avait cherché du travail, mais que son inexpérience la rendait incapable de le faire. Son mari l'accablait de reproches, lui disant qu'elle l'avait trompé; qu'il avait cru épouser une femme riche. Les excès avaient usé son tempérament; il était mort repentant et regrettant sa vie passée, dont il demandait pardon au bon Dieu, qu'il avait méconnu. En mourant, il avait recommandé à sa femme de venir elle-même, avec ses enfants, implorer le pardon de sa tante, et elle était venue. Et grâce à Dieu, et aussi à la bonne Elisabeth, elle avait obtenu ce qu'elle désirait si ardemment.

Mademoiselle Durand était morte, mais son testament était resté. Elisabeth était son unique héritière; elle connaissait le cœur de sa protégée, elle ne craignait rien. Camille était restée avec mademoiselle Gavault; elle l'avait priée de l'aider à élever ses enfants. Tâche bien noble et bien douce, mais souvent bien difficile.

Elisabeth s'en chargea avec bonheur.

Les enfants grandirent. Paul, l'aîné, fit de très bonnes études; pressé par sa mère et par Elisabeth, qu'il appelait sa tante, de choisir une carrière il leur témoigna le désir d'être médecin, afin de pouvoir venir demeurer près d'elles. Ce qu'il fit, quand, après avoir passé ses derniers examens, il fut reçu docteur.

Un soir, Camille et Elisabeth étaient assises dans le vieux salon rouge; elles avaient vieilli, leurs cheveux avaient blanchi, et pourtant elles ne paraissaient point tristes du changement que le temps avait produit en elles; elles paraissaient bien heureuses toutes les deux.

Camille, quoique plus jeune, paraissait bien plus âgée que son amie; sa taille était voûtée, tandis qu'Elisabeth avait conservé l'agilité de la jeunesse.

La porte s'ouvrit doucement, et quatre jolies petites têtes parurent, rieuses et mutines; leur vue fit sourire les deux dames.

Derrière les enfants, entrèrent d'abord monsieur Daubier, qui, quoique âgé de quatre-vingts ans, se tenait encore droit, et dont le visage était toujours souriant; près de lui son fils et sa belle-fille; puis enfin, derrière, deux jeunes gens et deux jeunes femmes. C'étaient les deux enfants de Camille, qui avaient épousé le petit-fils et la petite-fille de monsieur Daubier; celui-là était notaire, comme son aïeul, et avait remplacé son père.

Paul avait deux garçons, et Marie un garçon et une fille, que l'on appelait Elisabeth.

Cette dernière portait un bouquet, et vint toute joyeuse, avec son gracieux cortége, l'offrir à sa marraine.

— C'est aujourd'hui votre fête, dit-elle, et nous venons tous vous la ouhaiter et vous offrir nos vœux et otre amour.

La bonne Elisabeth embrassa la racieuse messagère de la famille, et nsuite tous les autres membres. Camille lui pressait doucement la main, cherchait vainement à cacher son motion.

Paul et Marie vinrent à leur tour, plus que tous les autres ils témoinèrent à leur tante bien-aimée les entiments de tendresse et de reconaissance dont leurs cœurs étaient emplis pour elle.

— Vous souvient-il, dit alors Marie, e cette fête que nous avons souhaiée, par une froide soirée de décemre? Pour moi je ne l'oublierai jamais. C'est de ce jour que date notre boneur.

— C'est aussi ce jour-là, continua

Paul, que la première fois nous v avons vue et nous vous avons aim qu'il soit mille fois béni.

— Et moi, dit alors Camille, puis oublier que c'est ce soir-là que cœur de ma tante m'a été r'ouve grâce à toi, chère Elisabeth ?

— Mes chers amis, interrompit al mademoiselle Gavault, si ce jour vo est cher à tous, il l'est encore p pour moi ; car j'ai cru m'acquitter e vers ma bienfaitrice, en comblant vide que votre absence faisait da son cœur, en vous réunissant à el Qu'il soit mille fois béni, comme viens de le dire, mon Paul bien-aim car il a été l'aurore du bonheur do je jouis par vous tous.

FIN

Limoges. — Imp. Eugène Ardant et Cie.

www.ingramcontent.com/pod-product-compliance
Ingram Content Group UK Ltd.
Pitfield, Milton Keynes, MK11 3LW, UK
UKHW020424230726
13925UKWH00004B/1590